TITEL DER FRANZÖSISCHEN ORIGINALAUSGABE:
„WATERLO & TRAFALGAR“

Für die Originalausgabe:

Umschlaggestaltung und Satz: Helmut Schaffer, Hofheim a. Ts.
Gesetzt aus der DIN Engschrift

Printed in China
ISBN 978-3-414-82373-1
5 4 3 2 1

Sie finden uns im Internet unter: www.boje-verlag.de

AUF DER MAUER AUF DER LAUER

OLIVIER TALLEC

Boje

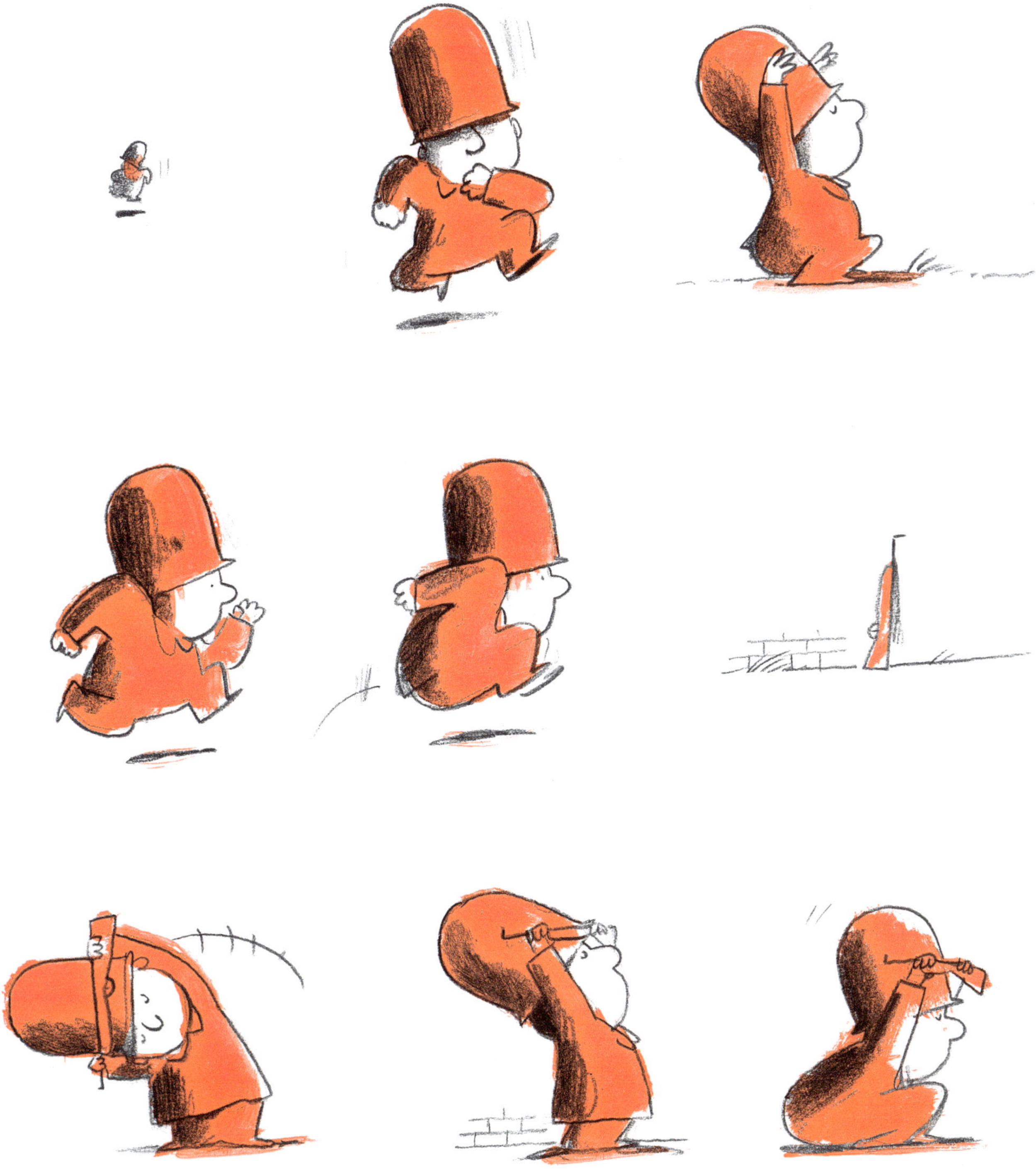

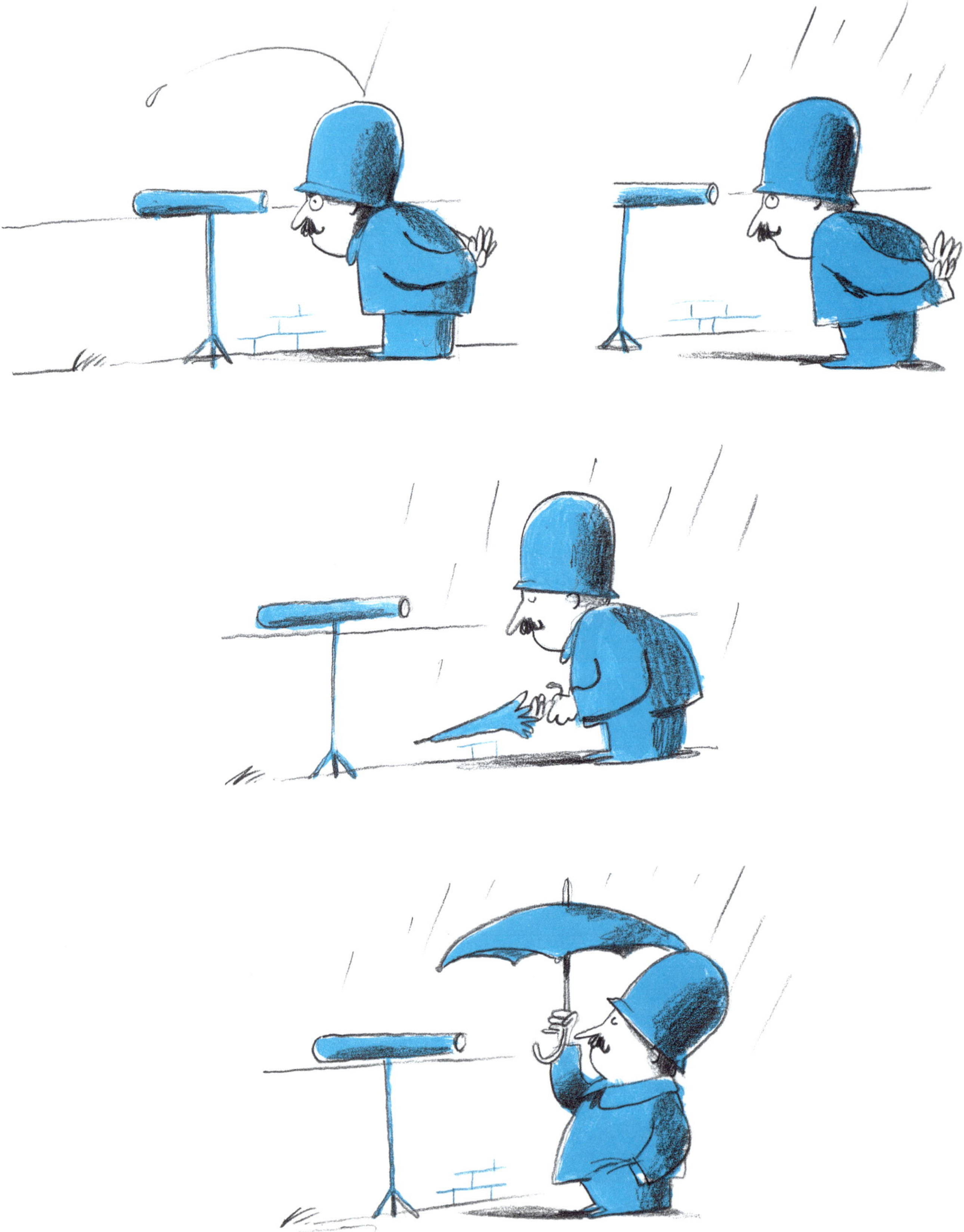

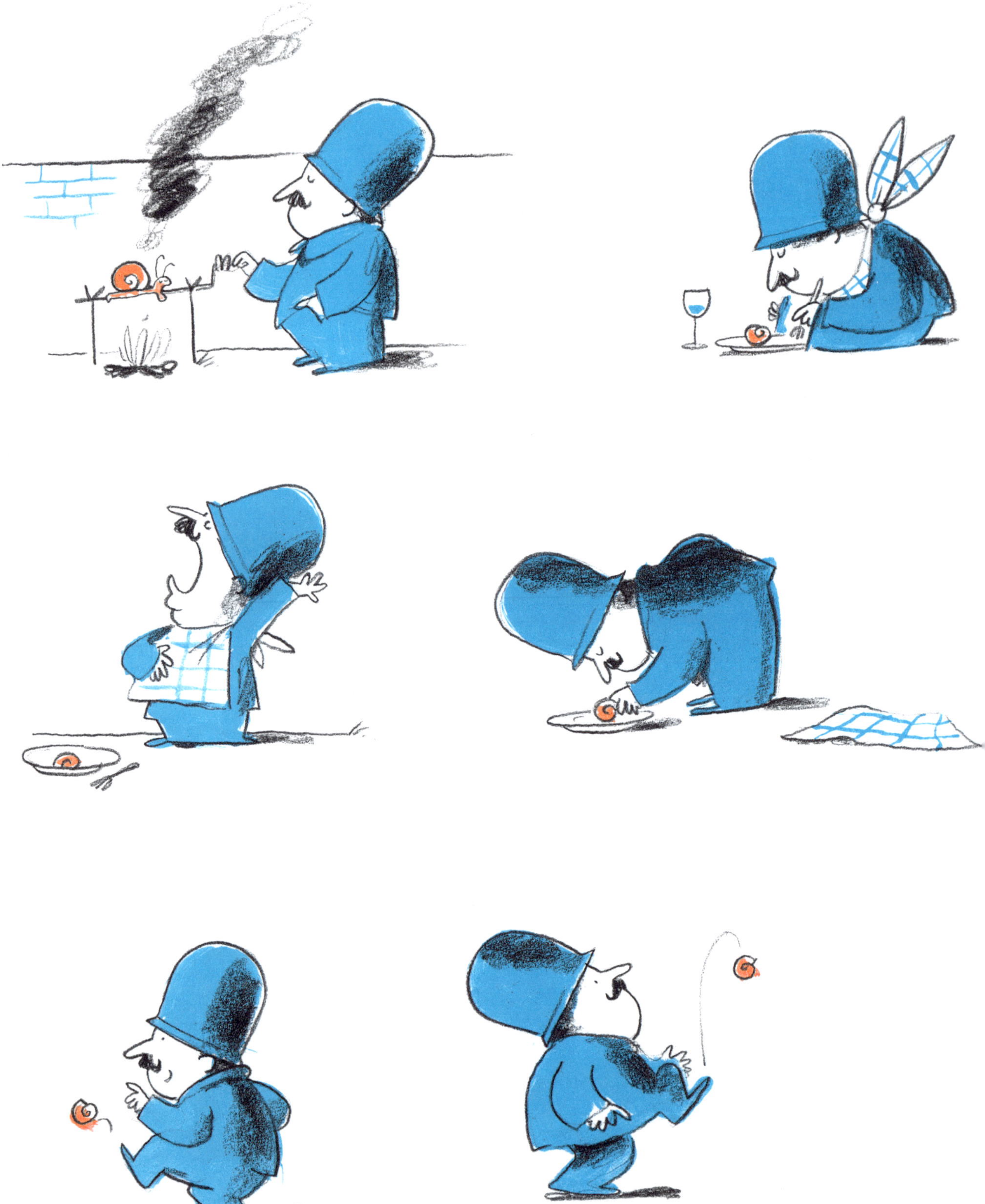

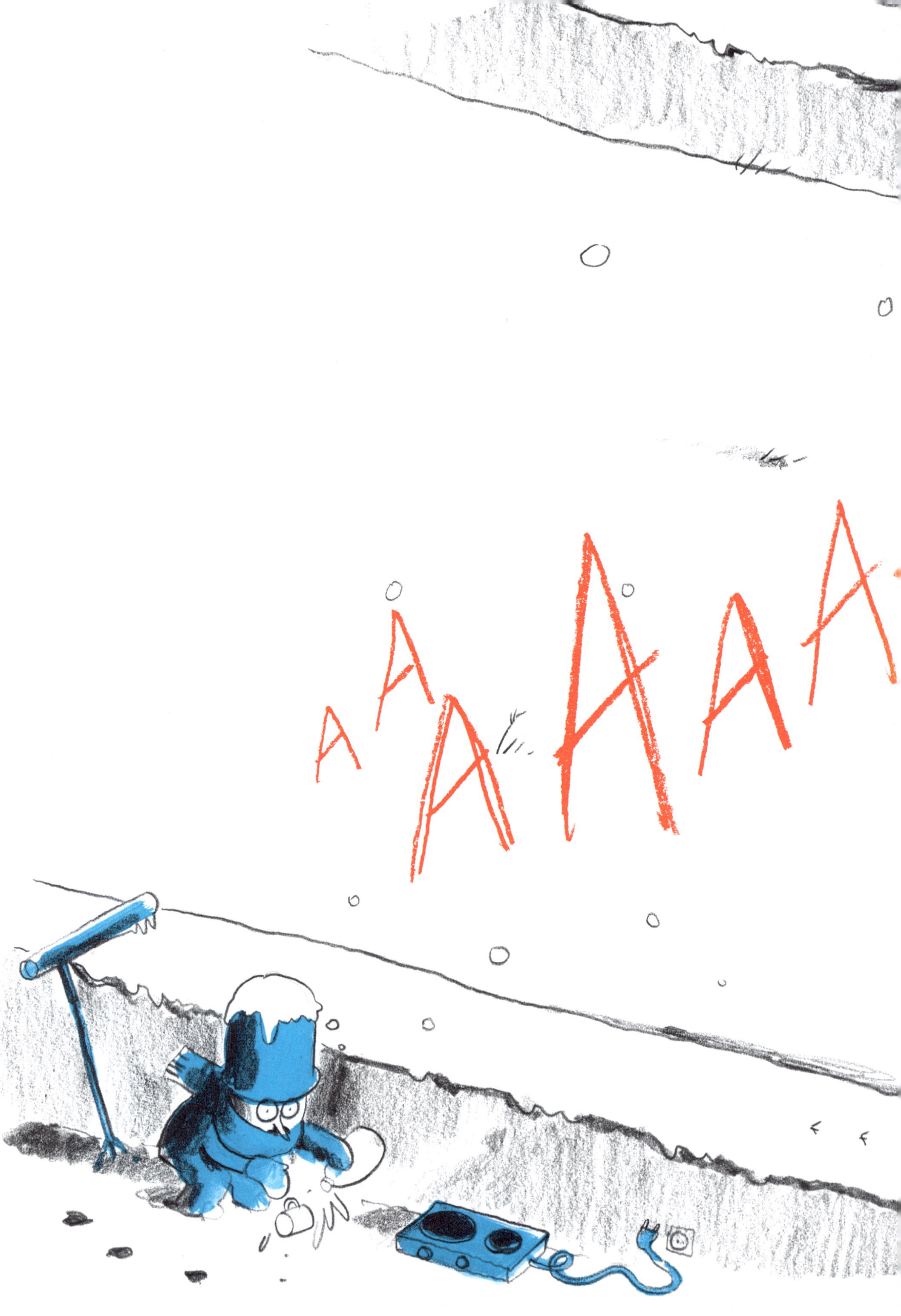
AAAAAA

AATCHOOUMM

lalala
la

ala

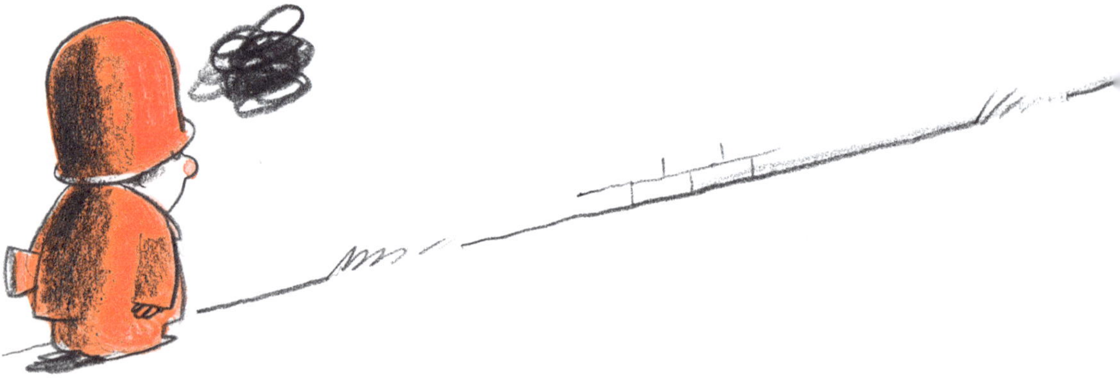

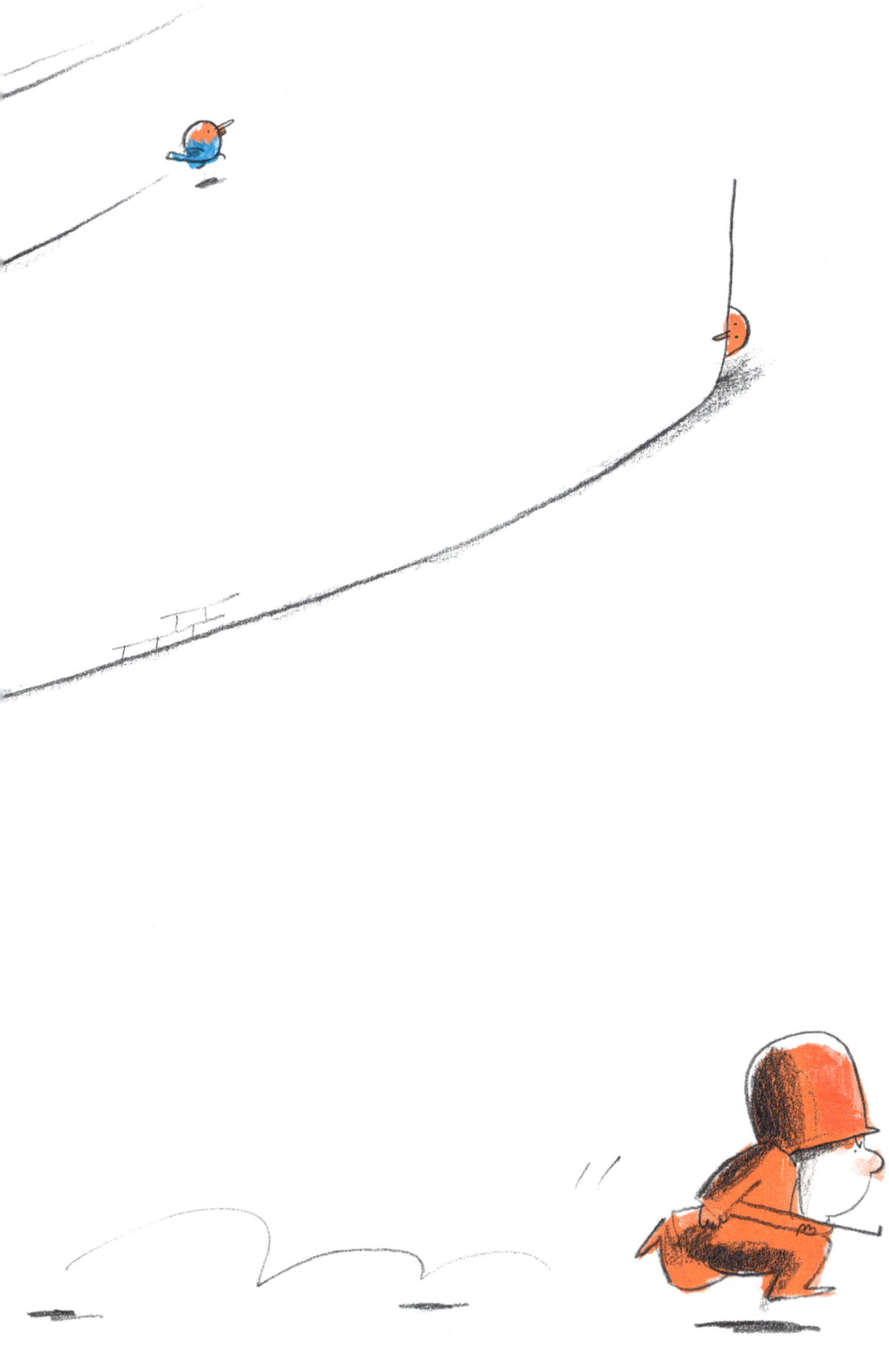